꺼지지 않는 촛불

# 꺼지지 않는 촛불

**공다원 시집**

개미

# 다시 한 권의 시집을 꾸미며

지난번 발표했던 시집 『기울지 않는 조각배』를 많은 분들이 사랑해주셔서 무척 행복했습니다.

하지만 과분한 사랑과 관심 탓이었는지 내내 새 작품집을 선뜻 내놓지 못하고 있었습니다.

거기다 주제 넘게 비영리 공기관 장애인 평생학교와 자립생활센터를 운영하고 있으니 시간적 여유가 없음을 들어 핑계도 좋았습니다.

그러나 하루하루 정신없이 바쁜 일상으로는 조금씩 비어가는 마음의 공간을 채울 수 없었기에 이렇게 다시 부족하고 초라한 저의 삶의 조각들을 들고 나오게 되었습니다.

다시 한 번 지난번 『기울지 않는 조각배』에 보내주신 성원과 사랑에 머리숙여 감사를 드립니다.

2019년 1월
공다원

# 차례

**5부**
# 기원

1부

세월

# 각각의 고독

어느 집 개는 혼자가 싫어
고독고독 짖어대고

어느 마을 닭은 팔자가 서러워
꼬끼오 울음으로 뽑아댄다

그리고 나는 이곳 지옥 아랫목 같은 골방에 엎드려
넝마 같은 이불을 쓰고 소주 한 잔으로 곪은 상처를 씻고

너는 그곳 천국 같은 요람을 훔쳐 차지하고
거짓과 음모를 공부한다.

# 관계

그 애틋했던 마음 인연산, 어느 자락에 묻혀버렸는지
그 다정했던 눈빛 인연산, 어느 숲속에 감춰버렸는지

그 따스했던 음성 인연산, 어느 바위에 새겨졌는지
그 간절했던 애정 인연산, 어느 고목 아래 숨겨버렸는지.

거친 세월의 바람이 쓸고 간 인연의 골짜기에는
추억이라는 이끼만 무성하고
바스라질 듯 야윈 내 얼굴 위에는 아쉬움만 가득하네.

# 변명

당신은 말합니다. 열심히 앞만 보고 걸어왔다고
하지만 단 한 번도 쉬지 않았다고 말할 수는 없겠지요.

당신은 말합니다. 한평생 가족들을 위해 살았노라고
하지만 그 한평생이 당신을 위한 삶은 아니었는지요.

당신은 말합니다. 남들에게 피해 주지 않고 살았노라고
하지만 어느 한때 당신의 이익과 바꾼 양심은 없었는
지요.

당신은 말합니다. 결코 양심을 속인 적은 없노라고
하지만 그 말 뒤에 바짝 쭈그러든 검은 거짓 하나 없는
지요.

저의 말 듣고 이유 없이 어깨가 아프거든
조용히 앉아 발바닥을 한번 살펴보세요.

# 비밀

안다는 것은,
알아서 슬프다는 것은,
알아버려 아파해야 한다는 것은,

가진 것을 잃고 사랑을 잃는다.
또 사람을 잃고 나를 잃는다.

그렇다!
비밀의 문은 그렇게 함부로 열어서는 안 되는 것이었다.

알고 있기에,
알아 버렸기에,
지나간 어느 하루로 돌아갈 수 없는 것이다.

다시는 잃어버린 그것들을 찾을 수 없는 것이다.

# 상실한 의욕을 찾아서

나이를 잊어버린 노파처럼
호기심을 잊어버린 아이처럼
텅 빈 모습으로 그 거리에 섰다.

일터를 잃은 중년 남자처럼
주인을 잃어버린 강아지처럼
슬픈 모습으로 그 거리에 섰다.

그대로 선 체
내일을 잊고
할 일을 잊고
또 돌아갈 곳마저 잊은 채로
새벽이슬이 마르도록
도시에 유령처럼 떠돌고 있었다.

# 세월의 눈길

그놈이 나를 의식할 때
그때 나는 고개를 들었다.

그놈이 나를 유심히 노려볼 때
그때 나는 한숨을 쉬었다.

그놈이 나를 무시할 때
그때 나는 서글퍼졌다.

그놈이 나를 용서하지 않을 때
그때 나는 고개를 숙였다.

# 손님

그렇게 요란하게 오실 거라고는 생각 않겠어요.

그저 이렇게 하루씩 달게 날들을 까먹다 보면
어느 날 조용히 와 내 앞에 앉겠지요.

언제 오셨냐고 내가 물으면
손님은 달게 까먹은 수많은 날들을 말하겠지요.

조금은 빨리 오신 게 아니냐고 타박이야 않겠지만

간절한 한 가지 저의 바람처럼
심하게 요란을 떨지만 않으신다면
저도 겸손히 손님을 맞아 그 앞에 무릎 꿇고 앉겠습니다.

# 술의 감시자들

술잔에 손끝이 닿자
엿보고 있던 햇님이 나를 욕했다.

술잔에 입술이 닿자
잔속에 숨어든 어둠이 나를 불렀다.

술잔에 네 잔이 와 닿자
잊혀졌던 하얀 얼굴이 나를 보고 웃는다.

# 시간의 샘

함지박으로 퍼내고 또 퍼내어도 줄어들지 않을 것 같
던 시간 샘물이 군데군데 흙바닥을 들어내고 있다.
모자란 나는 지금에 이르러서야 겨우 알았다.
내 시간 샘도 머지않아 마르리라는 것을.
모자란 나는 예수님 말씀도 믿고, 부처님 말씀도 믿는다.

나는 모자라고 또 모자라기에 생각한다.
수많은 잘난 사람들이 바꾸지 못하는 세상
나는 그저 내 앞을 스쳐 지나는 이들에게만 잠시 행복
을 주자
그 한 가지 성경처럼, 불경처럼 새겼건만
모자라도 한참 많이 모자란 나는 산다는 게 곧 죄라는
걸 이제야 알았다.

# 어그러진 인연

지금 여기서는 말 못하지만 거기 가면 말할 것입니다.

이 세상에서 너무 아픈 인연 만나고 왔노라고
목청껏 큰소리로 외칠 겁니다.

나는 스쳐간 일을 기억 못하고
그는 평생 그 일을 기억합니다.

나는 잠시 머물렀다 생각한 것을
그는 한참 쉬었다고 생각합니다.

나는 순간이라 생각했는데
그는 영원이라 생각합니다.

나는 추억이라 말하면
그는 고통이라 합니다.

나는 관심이라 말하면

그는 집착이라 말합니다.

나는 솔바람이라 여겼는데
그는 폭풍이라 여깁니다.

나는 이슬비라 느꼈는데
그는 폭우라 여깁니다.

# 어둠과 한세상

어둠을 깨워줄 새벽을 기다리며 하루를 살았다.
아무리 불 밝혀도 몰아낼 수 없는 어둠은 나를 붙들고
어둠에게 붙들린 나는 그놈 손 안에서 몸부림친다.
빠져나올 수 없다는 걸 알고 새벽만을 기다렸다.

하지만 어슴푸레 먼동이 트는가 하였더니
그 훗뿌연 빛은 내 인생이 저무는 은빛이었다.

# 이승의 한

살다가 살다가 죽을 만큼 힘들면 그저 등신이 되어 남
은 날만 다 살자.
남은 날 다 살고 나서 저승길 올라 한 백 년쯤 울어버
리자.

아무리 애를 써도 안 되는 일 있다면 이승에서는 그만
접자.
아무리 불러도 오지 않는 이 있다면 이승에서는 기다
리지 말자.
아무리 오르려 해도 못 오르는 산이 있다면 이승에서
는 돌아서 내려가자.
아무리 입술을 깨물어도 있지 못할 이 있다면 이승에
서는 기억을 잃어버리자.

그래서 저세상에 가서도 끝내 걸림이 된다면
한 백 년쯤 울어버리자.
두 다리 뻗고 앉아서 울고 누워서 울고 서서도 울어버
리자.

그 통곡의 기운으로 이승에 단 한 번 회오리바람 안은
거친 태풍이 인다 해도 차라리 그렇게 하자.

# 인생

온갖 유혹 외면하고 위로만 올랐다.
지치고 힘들었지만 뒤는 보지 않았다.

발바닥에 가시가 박혔지만 앞으로만 걸었다.
무릎에 피가 흐르는데도 멈추지 않았다.

거친 숨 몰아쉬며 다 왔구나 돌아보니 처음 오르던 그
언덕 밑.

모질게 마음 다져 다시 한 번 큰 숨 몰아쉬고 일어서
고개를 들었다.
그런데 올려다본 언덕 위에는 흰 눈이 쌓여있었다.

# 풋사랑

빨리 녹아버려 아쉬운 사탕처럼.

서둘러 뜯어버려 허무한 선물처럼.

어리석은 후회만 남는 것.

# 밥갱식이

엄마는 삯바느질하던 손틀을 멈추고 비좁은 정지로 들어선다.

빈솥을 아궁이에 올리고 물 한 바가지를 붓는다

며르치 댓마리 김치 한 사발 콩나물 한줌을 넣고 끓이더니 아침에 남은 꽁꽁 언 식은 밥 한 양푼을 만다.

금세 마음까지 녹일 듯 뜨거운 김이 오르고

쭈그리고 있는 나를 내려다보고

"아부지 전슴 잡수라 케라"

나는 찌붓찌붓 자전거방으로 가 볼멘소리로

"아부지예, 엄마가 부릅니더"


그때 나는 밥갱죽이 참말 먹기 싫었던 것이다.

# 생의 잣대

엄마는 늘 말씀하셨다.
인생은 길고 쌀독은 얕다고

나는 지금 말한다.
인생은 짧고 스킨병은 길다고.

엄마는 늘 말씀하셨다.
살 날은 많은데 먹거리가 없다고.

나는 지금 말한다.
살 날은 적은데 술병은 길다고.

# 방출미

오후 4시가 되면 우리 엄마는 시계를 안 보고도 시간
을 안다.

숙아, 쌀집에 가서 방출미 한 되 팔아 온나.

큰언니는 상을 찌푸리고 길모퉁이 쌀집으로 간다.

나는 언니가 왜 짜증을 내는지 알 수 없었다.

쌀집으로 들어가 길슴한 쌀알 틈에 납작보리가 섞인
방출미 맷방석 앞에 선다.

누런 종이봉지에 납작보리가 섞인 쌀 한 되박을 아주
머니가 담는 동안

큰언니는 옆에 놓인 통통하고 윤기나는 일반미를 자꾸
자꾸 손으로 만졌다.

# 노란 외로움을 끓여 먹는다

한밤 주방 서랍을 뒤진다.
요행이 하나 남은 라면이 반갑다.

그것을 끓여 냄비째 서서 후루룩 먹는다.

긴 면발을 타고 한참 먼 기억 속으로 들어간다.
엄마가 쥐어준 17원
단걸음에 색도 고운 라면 한 봉지를 사 온다.
일곱 식구 먹을 라면을 못 사고 언니, 오빠 학교 간 틈 타
 엄마는 노란 냄비를 화로에 올려 보글보글 노란 라면
을 끓여주셨다.

# 빚진 사람들

제가끔 세상 사는 이유가 빚 가리 하려고 산다.
옆집 아주머니는 아저씨에게 여종처럼 숙이고 빚을 갚고,
뒷집 아저씨는 늙은 어머니에게 허리가 휘도록 빚을
갚는다.

가겟집 성이 엄마는 시어머니에게 손끝이 닳도록 빚을
갚고,
이층집 영원이는 딸에게 진 빚을 갚느라 밤잠을 설친다.

앞집 수야 엄마는 아들에게 등골이 빠지게 빚을 갚고,
또 나는 너에게 너는 나에게 오늘도 빚을 갚으려고 상
처를 주고받는다.

그렇게 모두들 빚을 갚으려고 세월을 씹어 허기를 면
하며 하루를 산다.

# 산사람의 사랑

산사람을 사랑하지 마라
누웠다 앉으면 달라지고
앉았다 일어서면 변하는 것이 사람이다.

산사람을 그리워하지 마라
돌아서면 잊어버리고
고개 숙이면 기억조차 못하는 것이 산사람이다.

어리석은 나는 이제야 그걸 알고
눈물 대신 마른침을 삼키고
한숨 대신 헛웃음을 웃는다.

그래도 그래도 도저히 파고드는 얼굴 하나 지울 수 없
거든
백 번 울어도 괜찮다 마음먹고
두 번만 바라보아라.

# 성장

굶주린 창자의 울음소리를 들어가며
내 육신을 키웠고,

따가운 땡볕에 등을 태우며
고개를 숙였다.

서툰 편견 속에
말을 배웠고,

차별의 채찍을 맞으며
자존감을 키웠다.

# 제사

오셨는지 가셨는지
생전에 즐기던 삼색나물 그대로네.

아직도 드시는지
이제 다 드셨는지
생전에 즐기던 곶감 그대로네.

지방 떼어 소지하는 장손 등 뒤로 휙 초파리 한 마리
지나가고
제상 걷는 맏자부 어깨 위로
한숨 같은 향내만 피어오르네.

# 탄생 1

온몸을 쥐어짜는 듯 한 고통이 찾아왔다.
매 순간 뒤트는 듯 무서운 고통이다.
얼마나 견디었을까?
천 길 같은 낭떠러지로 밀려난다.

어디인지 차가운 세상으로 떨어졌다.
맑은 영혼의 눈을 뜨니
나의 죄가 보이고
애미 애비의 죄가 보인다.

# 탄생 2

얼음처럼 차고 맑은 마음의 눈으로
인간의 죄를 살펴려 했다.
하나 텁텁한 첫 숨 한 번 쉬니
이내 목젖이 울려오고.
터져 나오는 울음 끝에 비린 젖 한 모금 넘겼다.
그러자 얼음 같은 마음은 뜨거워지고
맑디맑던 정신은 어두워졌다.

# 엄마의 유산

엄마는 나에게 생명을 주기도 하였고
일찍 떠나며 이별을 주기도 하였다.

엄마는 나에게 삶의 욕망을 주기도 하였고
죽음의 공포를 주기도 하였다.

엄마는 나에게 소유의 기쁨도 느끼게 하였고
성취의 쾌감을 얻게도 하였다.

엄마는 나에게 삶의 허무를 느끼게도 하였고
삶의 보람을 느끼게도 하였다.

3부
생명

# 힘없는 이의 삶

겹겹이 덧붙여져 누렇게 발해버린 창호지처럼
내 마음은 굳어져 가고 있었다.

군데군데 부스럼딱지가 앉은 머리통처럼
내 가슴은 구멍이 나 있었다.

한사코 들어오는 찬바람을 막아보려 하지만 이제 창호
지는 더 이상 남아있지 않고
땜빵 난 머리를 감추려 연신 고개를 흔들어보지만
한쪽이 가려지면 다시 한쪽이 드러난다.

아무리 용을 쓰며 바둥거려도
내 힘이 가짓이니 봄날을 기다려 보아야지.
그래 그러자. 새봄이 오면 묵은 먼지 털어내고 따스한
봄볕 아래 어깨를 잔뜩 넓히고 서보자.

# 길고양이

내일 아침은 영하12도란다.

골목 끝 편의점 앞에 담뱃불을 붙이고 앉는다.

시린 발끝은 주인에게 칭얼거림을 멈추지 않지만
주인은 모른 체 고개를 돌린다.

막 주차한 자동차 밑으로 고양이 두 마리 다정하게 들
어가고
시샘 많은 칼바람은 날을 새워 그 뒤를 따른다.

아무래도 오늘 밤은
저놈들에게 톡이라도 보내야지
내일은 위험하다고
알려주기라도 해야지

# 찡이의 세상 끝

저는 그날 님이 저를 버렸다는 것을 알지 못했습니다.

그저 어느 날 학교운동장에서처럼 숨바꼭질한다고 생각했어요.

내가 아는 것은 공놀이를 하면 님이 즐거워하시고
앉아서 오래 참고 기다리면 머리를 쓸어준다는 것입니다.

이 공원에서 님을 잘 기다리면 달려와 제 머리를 쓸어줄 거라 믿었지요.
햇님은 어둠 속에 숨고 저는 님을 닮은 그림자를 따라 정신없이 뛰었지요.
쫓던 그림자가 사라지면 또 기다리고 또 뛰었습니다.
거리는 아주 추웠고 밤은 엄청 무서웠어요.
고소한 내 알밥이 너무나 먹고 싶고 목이 죽을 만큼 탑니다.
하지만 이런 것쯤은 님의 냄새와 목소리가 그리운 것

엔 비할 수도 없습니다.

여기가 어디인지 이제 님과 헤어진 그 공원을 전 찾을
수 없습니다.


저는 어느 골목 담 밑에 누워있고 사람들이 자주 나를
들여다보는군요.

혹 님이 신기하여 절대 눈은 감지 않고 있습니다.

이제 다시 무서운 밤이 오네요.

님이 오실 때까지 조금만 자야겠어요.


전 먼동이 트기도 전에 가벼운 몸으로 일어났어요.

몸은 신기하게도 새의 깃털처럼 가볍고

춥지도 않고 배도 고프지 않네요.

갑자기 허공으로 제 몸이 떠오르더니 곧 눈에 익은 우
리집이 보입니다.

빨려들 듯 들어가니 님은 소파에 누워계시고 그 곁엔
나를 닮은 작은 강아지가 님을 따라 하품을 하고 있군요.


전 그때 님이 절 버리신 걸 몰랐어요.

우리는 그런 놀이는 한 번도 해보지 않았으니까요.

# 살생

한 마리 50원 노랑 병아리.

숨 쉬는 것이 신기했고 눈 감는 것이 귀여웠다
먹이를 쪼아먹고 앞발로 휘젓는 것이 귀여웠고
물 한 모금 마시고 하늘을 보는 것이 신기했다.

초봄 흐린 날 나는 병아리가 든 활명수 통을 부뚜막에
놓고 잠이 들었다.

한밤중 연탄집게를 휘두르는 엄마의 기척에 잠이 깼다.
쥐한테 한쪽 날개가 뜯긴 내 병아리.

하루 종일 그놈 옆에서 펑펑 울었다.
하지만 아무리 울어도 그놈은 다시 일어나지 않았고
모진 숨만 몰아쉬며 빡빡 애초로운 소리만 내고 있었다.
이틀째 저녁 무렵까지 병아리는 죽지 않고
느리게 느리게 질긴 숨을 쉬고 있었다.
나는 어떻게 그런 마음이 일었는지 갑자기 통곡을 하며

그놈을 들고 골목 한구석으로 가 흙을 덮어버렸다.

그 순간 엄청난 무서움이 와락 나를 덮쳐왔다.
나는 몇날 밤을 열에 들떠 그 무서움에 눌린 체 떨어야
했다.

# 신호 위반

이동면 천리 노루실 앞 신호등
밤 열 시 저녁을 걸은 이는 신호 위반을 하고 말았다.

이동면 천리 노루실 앞 신호등
오줌이 마려운 이는 신호 위반을 하고 말았다.

이동면 천리 노루실 앞 신호등
밤샘 작업을 하고 눈꺼풀이 무거운 이는 신호 위반을
하고 말았다.

이동면 천리111번지 외딴길 신호등 앞에는
오늘도 순찰차가 멈추고 바리케이드가 쳐진다.

그러면 지치고 배고픈 영혼들이 무수히 걸려든다.

# 4부

그리움

# 구업

    상처를 잘 받는 귀와 죄를 잘 짓는 입은 한 집에 살았습니다.

    귀는 긴 세월 살아가며 수많은 말들을 듣게 되고 입은 쉬지 않고 그 말들을 옮기기를 좋아했습니다.

    때로는 귀가 들은 이야기들을 입은 엄청 살찌워 떠들었고 그때마다 귀는 마음이 아팠습니다.

    귀는 이제 그만 듣고 싶었지만, 그것은 뜻대로 되지 않고 무수한 상처만을 받을 뿐이었습니다.

    입은 틈만 나면 더할 말이 없나 하고 구업 지을 궁리만 하였습니다.

    살다 살다 어느 날인가는 세상과 이별하는 날이 왔습니다.

    말로만 듣던 그날이 바로 오늘인가 하고 귀와 입은 처음으로 한마음이 된 듯 침울해졌습니다.

    죄인처럼 저승 갈 순간을 기다리다 업이 많은 입은 먼저 말문을 닫아버렸습니다.

    따라가고 싶은 귀는 천성이 그러하여 조용히 기다렸습

니다.

하지만 듣기를 피할 수는 없었습니다.

그때 인연이 깊었던 사랑하는 이 하나 찾아와서 이별
을 슬퍼하며 애절한 인사를 건넸습니다.

미안하고 고마웠어, 그리고 정말 사랑했어.

귀는 처음으로 입에게 한마디만 말해 달라 간절히 부
탁했습니다.

하지만 굳게 닫힌 말문은 다시는 열리지 않았고 귀는
사랑하는 이의 흐느낌을 들으며 천천히 입을 따라 떠났
습니다.

# 1971년 초봄 어느 오후

마루 끝에 쭈그리고 앉아 오후반 언니를 기다린다.
더디게 가는 시간을 쫓으려 어제 배운 것을 외운다.

세. 세. 세
하나 하면 할머니가 지팡이를 짚는다고 잘잘잘.
둘 하면 두부 장수 두부를 판다고 잘잘잘.
셋 하면 새색시가 화장을 한다고 잘잘잘.
넷 하면 냇가에서 빨래를 한다고 잘잘잘.
다섯 하면 다람쥐가 알밤을 깐다고 잘잘잘.
여섯 하면 여학생이 공부를 한다고 잘잘잘.
일곱 하면 일꾼들이 나무를 벤다고 잘잘잘.
여덟 하면 엿장수가 엿을 자른다고 잘잘잘.
아홉 하면 아버지가 신문을 본다고 잘잘잘.
열 하면 열무 장수 열무를 판다고 잘잘잘.

한나절이 가도록 세세세, 세세세 열 번씩 열 번을 하며
골목을 들어서는 발짝 소리를 기다렸다.

# 남산동 마당 없는 집 겨울 아침

　우리는 밤사이 데워진 양동이 물을
한 바가지씩 퍼서 일곱 식구 세수를 했다.
　밤새 말라붙은 코를 풀어내고 이쁜이 비누를 칠했다.
　세수를 한 물로 큰언니는 손수건을 빨고 엄마는 걸레
를 빨았다.

# 고독이 된 그리움

그리움이 오랫동안 농익으면 독이 된다.
독이 된 그리움은 가슴에 파고든다.
파고든 독은 모질게 가슴을 훑는다.

상처가 무수한 가슴은 때 없이 아려온다.
아린 가슴은 그리움보다 더 독한 약을 찾고
나는 처방전도 없이 세월을 술 한 잔에 타서 건넨다.

# 복이 꿈

오랫동안 망설였다. 여행길에 오르듯
그렇게 너에게 다녀올 수는 없을까?

큰맘 먹고 새 차를 사듯
그렇게 너를 살 수는 없을까?

평생 죄인으로 살지라도
하늘에서 너를 훔칠 수는 없을까?

어리석은 나를 나무라며 오늘 밤 꿈결에 니가 오기를
기다려본다.

오늘 너를 만나면
미안하다는 말 대신 사랑한다고 말하고
조금만 머물러 준다면
고맙다는 말 대신 보고 싶었다고 말할게.

# 아내의 염

시간나면 파마 한 번 하러 간다던
웃자란 머리가 칭칭이 동여지고
나는 그저 죄인이 되어 고개를 숙였다.

큰딸 시집갈 때 옷 한 벌 해 입겠노라 노래를 부르던
그 야윈 몸에
흰 베옷 입혀질 때
나는 그저 죄인이 되어 두 손을 모았다.

막둥이 졸업하면 새 신 한 켤레 사 신겠노라 동전을 모
으던 양발에
짚신 신겨 결박할 때
나는 지은 죄가 무거워 어깨를 떨었다.

나를 만난 뒤 처음으로 남의 손 빌어 온몸 치장하고
낯선 그 모습 감추어질 때
나는 차라리 두 눈을 감아버렸다.

# 체증

명치끝이 아파 나는 엄마 치마폭에 얼굴을 묻고 눈물
을 찔끔거린다.
비릿한 엄마 내음을 맡으며 따신 손길을 느낀다.

엄마 손은 약손 덕이 배는 똥배,
엄마 손은 약손 덕이 배는 똥배.

연신 배를 쓸어보지만 내 칭얼거림은 그치지 않고
끝내 엄마는 실패를 찾아 바늘을 뽑는다.

아~ 그만할걸 후회하지만 이미 때는 늦었고 나는 엄
마에게 손을 잡힌 채 두 눈을 질끈 감는다.
겁에 질린 내 얼굴을 본체도 않고 엄마는 바늘 끝을 머
리 밑에 쓱쓱 문지르고 콧김을 불더니
손가락 끝에 명주실을 칭칭 감고 단번에 피를 낸다.
아!

# 5부

# 기원

# 꺼지지 않는 촛불


당신들 이야기를 다 들어주려 여기 왔지만
내 귀는 달랑 둘뿐이고.

당신들 아픈 마음 다 품어주려 했지만
내 가슴 손바닥만 합니다.

당신들 대신해 뛰어보려 했지만
내 다리는 너무나 짧고.

당신들 대신해 소리쳐주려 했지만
내 목소리는 이제 잠겨 더는 안 나옵니다.

당신들 앞에서 끌어주려 했지만
내 두 팔은 아래로만 처지고
모진 칼바람 막아주려 했지만
내 몸은 이미 피 옷을 입었습니다.

그래도, 그래도 안 보이는 두 눈 부릅뜨며 다시 한 번

더 악을 써 봅니다.

# 작은 바람

촛불을 밝혀 거리로 나서는 그런 세상 아니면 좋겠습니다.

시비를 다투어 고소장을 작성하는 그런 세상 아니면 좋겠습니다.

윗집 울림을 탓하고 경고를 주는 생활이 아니면 좋겠습니다.

밤길이 안전하여 사색을 할 수 있는 그런 세상이면 좋겠습니다.

아이들은 다시 손에 흙을 묻히고 해 질 녘까지 뛰어노는 그런 세상 왔으면 좋겠습니다.

한 달에 한 번쯤은 TV가 켜지지 않아 가족들 얼굴을 마주 보는 그런 날이 있으면 좋겠습니다.

아무런 부탁이 없이도 친구에게서 걸려온 안부 전화를 받을 수 있으면 좋겠습니다.

월말에 적금을 반만 넣더라도 1년에 한 번쯤은 낯선 곳으로 여행을 떠났으면 좋겠습니다.

조금은 외롭고 쓸쓸하더라도 혼자만의 시간이 가끔 있으면 좋겠습니다.

# 권력자들


거울이 없는 나라에서 온 사람처럼
당신들은 그렇게 당당했다.

거울이 없는 나라에서 온 사람처럼
당신들은 그렇게 거침없었다.

거울이 없는 나라에서 온 사람처럼
당신들은 그렇게 부끄러움을 몰랐다.

거울이 없는 나라에서 온 사람처럼
당신들은 그렇게 자신의 모습을 보지 못하고 있었다.

# 똥보다 못한 것들

동화나라 같은 아파트 놀이터를 돌아가면

서럽게 울음 우는 그것들이 있어 내 마음까지 서글퍼
진다.

노랑색 옷이 부끄럽고 넉넉한 품새가 부끄러워
서럽게 울음 우는 음식물 수거함.

미처 사람의 똥이 되지 못한 것들을 안고 줄줄 참다못
해 눈물을 흘리고 있다.
똥물보다 더 진한 눈물을 흘리고 있다.

# 바보의 대답

인생이 뭐냐고 너는 내게 물었다.
열심히 사는 거라 나는 대답했다.

인생이 뭐냐고 너는 내게 물었다.
내일을 위해 사는 거라 나는 대답했다.

인생이 뭐냐고 너는 내게 물었다.
속고 또 속는 거라 나는 대답했다.

인생이 뭐냐고 너는 내게 물었다.
태어나 죽도록 바둥거리는 게 인생이라 나는 대답했다.

인생이 뭐냐고 너는 내게 물었다.
빚을 갚으려고 왔다 빚만 지고 가는 게 인생이란다.

# 아들과 딸

이 땅의 아들들은
어머니 치마폭에 싸여 인성이 자라지 못했고
이 땅의 딸들은
어머니 손끝에 내둘려 닳고 닳아갈 때
 가부좌 튼 아버지 다리 밑으로 빠져나가고 있었던 것
은 딸들의 인격이었고
 가부좌 튼 아버지 무릎 위에 올라앉아 있던 것은 아들
의 인성이었다.

## 사랑한다는 것은

누가 물었습니다.
사랑한다는 것은 어떤 마음이냐고?
그 소녀는 대답했습니다.
사랑한다는 것은 죽음이 닥쳐와도 대신 죽을 수 있는 것이라고.

누가 물었습니다.
사랑한다는 것은 어떤 마음이냐고?
그 소년은 대답했습니다.
사랑한다는 것은 밤이나 낮이나 미치게 보고 싶은 것이라고.

누가 물었습니다.
사랑한다는 것은 어떤 마음이냐고?
한 여자가 대답했습니다.
사랑한다는 것은 나를 위해 멋진 이벤트를 준비하는 것이라고.

누가 물었습니다.
사랑한다는 것은 어떤 마음이냐고?
한 남자가 대답했습니다.
사랑한다는 것은 값진 선물을 준비할 수 있는 것이라고.

누가 물었습니다.
사랑한다는 것은 어떤 마음이냐고?
나는 대답했습니다.

맛있는 것을 먹을 때 가장 먼저 생각나고,
좋은 곳에 가면 함께 오고 싶은 것.
기쁜 일이 생기면 가장 먼저 생각나고,
아름다운 것들을 보면 보여주고 싶은 것.

그렇답니다. 아주 특별하지 않은 그것.
바로 그런 자신의 삶 속에 스며들어 있는 작은 감정이
일 때면
사랑을 의심하지 않아도 됩니다.

# 백중기도

수많은 망자들 사이에다
사람인 척 너의 외자 이름 붙이고 입제를 시작했어.

90일째 막제일 헉헉대며 108배를 할 때
나는 빨리 니가 떠나기를 발원한 것 같아.
천도 발원문이 구슬프게 들릴 때
어쩌면 나는 빨리 너에게서 떠나고 싶었는지도 몰라.

망자들의 새옷들이 화덕에 던져질 때
나는 니가 물어오던 작은 공을 던졌지
하지만 그 공을 니가 꼭 물고갈 거라 믿지는 않았어.

# 꺼지지 않는 촛불

1쇄 발행일 | 2019년 01월 25일

지은이 | 공다원
펴낸이 | 정화숙
펴낸곳 | 개미

출판등록 | 제313 – 2001 – 61호 1992. 2. 18
주소 | (04175) 서울시 마포구 마포대로 12, B-108호(마포동, 한신빌딩)
전화 | (02)704 – 2546
팩스 | (02)714 – 2365
E-mail | lily12140@hanmail.net

ⓒ 공다원, 2019
ISBN 979 – 11 – 965679 – 4 – 1 03810

값 10,000원